Der Grüne Leguan

Lied aus China

Ich mag die Arbeit im Garten,
der in Blüte und voll Unkraut steht,
Gedanken kommen beim Graben
und gehen in Rasen und Rosenbeet.

Ich füttere Drosseln mit Würmern
und grüße den Feind, der vorübergeht,
friere im Wind, der schneidend weht,
geschützt von der Wärme des Frühjahrs.

Nur wenn der Himmel sich entlädt,
flüchte ich an den Schiefer
und sehe mich grabend verfließen
in Flächen, in denen Wasser steht.

Traumdiptychon

1

Die Kaiserin von Japan
träumte ich heut nacht,
eine junge Frau
mit schwarzen, kurzen Haaren,
stufig geschnitten.

Auf einer Holzkiste sitzend,
aus der gekochter Reis quoll.
Sie sprach: Mit jedem Wort
öffnete und entzog
sich ihr Wesen.

Eine Stimme sagte,
ich sei ihr Dolmetscher.
Töpfe klapperten.
Vergeblich mühte ich mich,
irgendein Wissen zu erinnern.

Tiefdunkles Grün
schimmerte durch Papierwände.
Ich erwachte
in der Durchlässigkeit,
die überall herrschte.

2

Es war ein verstörendes Bild:

ein Körper in der Luft, allein,
dunkel vor einem milden Hintergrund,
der auf ihn einzustürzen schien.

Ein Mann, ich träumte, sie hätten
ihm eine dünne Metallstange
in die Wirbelsäule gezogen.

Die Metallstange tönte,
bis sein ganzer Körper vibrierte,
ein Schwirren, das alles durchdrang.

Berge von Wolken zogen auf.
Stimmen, wie Echos, sagten,
ich hätte meine Aufgabe erfüllt.

Unfähig, mich zu rühren,
erforschte ich den Blick des anderen,
als suchte ich einen Ausweg.

Es begann, still zu regnen.

Mittagsruhe

Als ob das Kind sich atemlos schreit,
fällt ein Motorrad über den Rand
seines Lärms. Lästig sind die Zeitungsberichte
wie die Fliegen in Flauberts Küche,
aufgeräumt und leer. Die Urteile flimmern,
eine wüste Tapete. Was begonnen wurde,
wellt sich unfertig in der Hitze.
Die Essensreste dürften schon schimmeln.

Abschied

Anstatt zum Telefon zu gehen,
nahm ich den gewohnten Spazierweg,
einmal ums Karree.

Die Gaslaternen sprangen an.
Der Bus, der mir langsam entgegenkam,
zog einen Tunnel durch die Luft.

In den Baumkronen klatschten
unsichtbare Vögel mit den Flügeln,
ein Sprühregen leichter Fragen.

Polnisch sprechend überholten mich
eine Frau, in Rot, und ein schwarzhaariger
Engel, der zurückblickte.

Ich befühlte am Kopf die Feuchtigkeit,
das Muster des berstenden
Asphalts verschwand mit dem Tag.

Im dunklen Eingang der Fremde:
Er reichte mir die Hand, verwundert,
und ich griff in seine lose Haut.

Auf dem Weg zur Arbeit

Nicht daß Irrwege, Sackgassen
irgendeinen Sinn ergäben.
Das bleiben tödliche Fallen.

Aber mit welcher Geste
von Selbstverständlichkeit
der Penner die Münzen
aus seiner umgestülpten Mütze leert –
als nähme ein römischer Feldherr
im Handstreich die verblendete Stadt.

Soso, mit seinem fleckigen
Pappschild wünscht er dir
einen erfolgreichen Dienstag.

Im Volkspark

Der alte Politiker, einarmig,
vor seinem Landhaus in Flandern,
wie er im grauen Pullover freundlich,
den Blick neben die Kamera gerichtet,
von seinen genauen Zielen spricht
und ihren Unwägbarkeiten.

Über ihm kreist ein Helikopter,
der ebenso in die Aufnahme gerät
wie die spielenden Kinder,
denen die Besatzung zuwinkt,
als würfe sie im Zeitraffer
unsichtbare Dinge herab.

Quälend, ein Bild des Handelns,
das so viel in der Schwebe läßt,
wenn es sich hier auf der Parkbank
wie von selbst wieder einstellt
mit dem lauten, weichen Gekrabbel
im unermeßlichen Hintergrund.

Der Grüne Leguan

Wie unauffällig
seine leere Vitrine
sich zwischen Kakteen, geknüpfte
Muster und immer gleiche
Sonnenuntergänge fügte.

Hellgrün thronte er auf einem Stein.
Die winzigen Schuppen schimmerten
matt im Infrarotlicht.

Vergeblich suchte ich seinen Blick,
konnte den zähen Pulsschlag kaum entdecken.

Einmal bewegte er einen Teil
des Kopfes, langsam,
als bliebe das außerhalb
jeglicher Zeit.

Nichts änderte etwas an seinem Bild,
diesem regungslosen
Leuchten von Grün.

Was fiel mir nicht alles
ein vor ihm:
daß die chinesischen Akrobaten ihn vergessen hätten,
daß der lesende Parkwächter ihn geträumt habe
und jetzt ich ihn träume,
daß er der unbewegte Beweger
der Metaphysik des Aristoteles sei,
der Leviathan,
Aufruf zum Dschihad

und Vorbote von Kurseinbrüchen,
das inkarnierte Herz der unwissenden Metropole,
eine unlösbare Aufgabe
ewiger Logik,
daß er künde
von verschollenen Urtexten,
Erinnerung an Enzyklopädie,
kindlich, mit Formeln und Symbolen,
verlorener Pfeil,
Strophe
in einer Mandorla von Stille.

Sein grünes Bild wies alles ab.
Ich wußte, er war nichts von dem.

Nicht einmal, daß er sich selber glich.

Sogar seinen Namen
gab er mir zurück
wie dem letzten
Menschen, der ohnmächtig sieht.

Reflexionen beim Haareschneiden

Wenn die Friseuse aussieht, als sagte
oder täte sie nichts gegen den Willen Minervas,
dann mißtraue ich der Reminiszenz im Spiegel.

Doch heute ahnt jeder, daß er haltlos arbeitet,
und erschrickt über das Ergebnis, wenn sein Gesicht
sich anders zeigt, als er es kennt.

Was die Illustrierten schreiben, wird stimmen:
Es gibt ein Heer von Doppelgängern, Replikanten,
die hier längst alles in der Hand haben.

Oder kannst du dir sonst erklären,
wie die Schöne es schafft, jede Berührung
der Messer und des Busens so genau zu placieren?

Warten auf die S-Bahn

Was kannst du schon tun,
wenn die Stimme, piepsend, neben dir,
mit einer roten Baseballmütze,
ankündigt, jemand wolle deine Eingeweide
schlürfen wie ein rohes Ei?

Irgendwie unpassend deine dünne
Erinnerung an etruskische Riten,
diese Flut von Déjavus. Der gesprenkelte
Bahnsteig zittert vom herandröhnenden Zug,
als vibrierte eine ganze andere Welt.

Wenn das nur zum Stillstand käme!
Von allen Seiten angestoßen,
siehst du dich in einem grenzenlosen
Raum von Sandsäcken, gegeneinanderschwingend.
Zu schön, um wahr zu sein.

Teepause

In der Pause, während ich

vor der Flamme wartete,
fiel mir plötzlich ein,

aufzugeben, was endgültig schien;
das Wasser begann eben

zu kochen, der Kessel heulte
gleichmäßig wie eine Sirene.

Aber als ich den Tee aufgoß,
waren schon die Möglichkeiten,

ungeheuer, wieder vergessen;
im quirlenden Dampf verfing

sich mein Blick, bis er verschwand,
und ich erkannte noch, wie präzis

der Sand durch die Enge rann.

Heimfahrt in der Dämmerung

Mir fehlten die Begriffe,
ich bin früher abgereist,
beschämt, ohne zu beurteilen,
was ich verstand,
geteilte Blicke.

Im Zwielicht
schillern Metaphern,
Pilze, wuchernd, und Feinde,
ich lasse, was kommt, zerfallen
in ärgeren Rissen.

Abgetragen wird
meine unsichtbare Stadt,
und ich muß im Kreis des Hammers
das Restbild nicht
durchschauen, mein Gesicht.

Finalis

Das Summen.
Summ, summ.
Zwecklos, wie
die kleinen
Räder glänzen.
Zu wiederholen,
was galt,
Komplemente,
ein Kinderspiel.

Der Wille. Oh.
Fixiert, die Zeiger
stehen still.
Still, still,
als ob sich
das auflöste,
das Schirm-
labyrinth, mit
dem Blick.

Langsam, was
die Fliesen
hebt. Die
Risse, bis
die Maske
paßt. Bald,
bald. Diese
Müdigkeit, das
Summen.

Moment musical

Ein Ende, was das Saxophon wiederholt.

Ein Richter, tot, der aufflammt im Gedankengang.

Hinterm Fels: lauter Freiherren und Kabel.

Lächelnde Würfel, ein Labyrinth von Bekenntnissen.

Wer sagt hier, wohin der Herzschlag führt?

Die Amphibien, ein paar Fetzen Augustinus.

Unruhiges Krümmen, hart vor dem Stündlein.

Zeichen, wie's sich luzide beleckt.

Wo bleibt, was wir fliehen. Umgekehrt.

Schlaflosigkeit

Wie viele Versuche, Schritte
und Reisen hast du nicht genau erwogen,
um in den Knoten unendlicher
Aufgaben einzudringen, die sich
mit jedem Herzschlag
schwärzer zusammenzogen.

Doch mehr als das, was der alte
Richter tut, bleibt dir nicht zu sagen:
In seiner engen Robe
schlurft er zu dir hinauf,
um alles mit einem scharfen
Cellostrich durchzuschlagen.

Was für ein orientalischer
Tumult, in dem du dich wiederfindest!
Ein Elefant taucht aus dem Marktgedränge,
um vor dir in die Knie zu gehen,
während du, als sei's Routine,
die Geschenke bindest.

Seltsame Gesellschaft

Selbstportrait des Arztes während der Heimfahrt

Welch Labyrinth
von Abständen und Fluchten
du wohl bietest, etwa aus der Höhe
des vertrauten Helikopters betrachtet,
dessen Schatten plötzlich die Straße kreuzt,
auf der du, wie jeden Tag,
vom Hospital, das dich nicht losläßt,
abwesend heimwärts steuerst.

Was liegt nicht alles
zwischen deiner Hand, leicht am Lenkrad,
und dem rauschenden Kopf,
voll von Berechnungen, routiniert, Episoden
und Botschaften, die dir fernbleiben
wie ein pazifischer Himmel
der Erde, über die du hinweggleitest,
als wäre es ein Körper.

Gar nicht auszudenken,
wieviel du zurückläßt und was
dich noch erwartet! Unwirklich,
als wenn ein Licht aus der Tiefe dich überscharf
zerlegte, das Panorama deiner Wege,
in dessen feinem Raster du dich verlierst
wie ein Beutetier im Blick
des Habichts am Straßenrand.

Peripetie in der Mittagspause

Ich weiß ja, ich weiß,
du kannst deine Stimme nicht ausstehen
mit ihren durchsichtigen Nebentönen,
auffallend bemüht, wie peinlich,
wenn du vergleichst, was jener
Meister Nathanael tadellos leistet,
dein Friseur in seiner Grandezza
oder nur – sing in my ear –
die mickrige Krähe über der toten Straße.

Aber das Schielen in Spiegel, Urteile
wie Opern, dies Rascheln – was soll das?
Dir bleibt doch nichts übrig, als immer
neu die Szene zu entziffern, plötzlich
im Sturzregen wie des Kaisers entthronter
Doppelgänger, verfangen in einem Vorhang
aus Hochmut und Wahn,
doch nackt, unerreichbar
für dich selbst, jaja.

Marginales Schicksal

Nicht der Rede wert,
was du manchmal bewegst,
weder Aktienkurse noch Grenzen,
blutig, oder DNS-Strukturen,
wie das heute so üblich ist,
und in den Debatten darüber
machst du auch keine gute Figur.

Nein, nur – wenn überhaupt –
die laufenden Geschäfte,
von denen du sowenig lassen kannst
wie von den paar alten Affekten
und Büchern, und gestern, immerhin, die Fuhre
Sand für die Kinder, fast
wie an einem Grab.

Sicher, da bestehen Kausalitäten,
Fluchtlinien und unsichtbare Tunnelsysteme,
was du aber gar nicht
zu genau ergründen willst.
Ohnehin dünn genug
unter deinen Füßen ein Boden, der sich
dir mehr und mehr entzieht.

Opera ad intra

Zeige deine Wunde, fordert,
wenn ich mich recht erinnere,
irgendwo eine undurchschaubare
Installation von Beuys den Betrachter auf,
und ich bin immer wieder
überrascht, wie überflüssig
dieser Aufruf ist.

Die Narbenlandschaft
nach einer Amputation, das Geschwür,
das bösartig durch die Haut blutet,
der Schlauch in der Bauchdecke,
die Verätzung und nicht zu vergessen
die unzähligen kleinen
Schnitte und Risse –

immer ansatzlos, unerwartet,
aus keiner Wendung im Tonfall
oder des Körpers zu erahnen,
eine Bettdecke wird gelüftet
wie ein Vorhang, ein Pullover
nach unten geschoben über die Brust,
das ist alles.

Was da geschieht,
will weder eine Ecce homo-Geste sein
noch deren dialektische Rettung,
keine Anklage wegen mangelnder
prästabilierter Harmonie, keiner
der Schocks oder Tricks,
die heute gängig sind.

Die Rede über das Wetter,
die letzte Talkshow, das Essen
bleibt beiläufig, der Blick,
zufällig getroffen, leer.
Höchstens, daß eine dann sagt:
Fühlen Sie mal, und lächelt, als meinte
sie das gar nicht so.

Im Blick der Blinden

Es gibt, wie heißt es
so bezeichnend: eine Präsenz,
eine Präsenz im Rauschen und Tosen, ohne
gegenwärtig, ohne deutlich
im Gedächtnis der anderen
zu sein.

Das Gegenbild die Alte, blind
von Geburt und mit weichen
Knochen, im siebten Stock
eingezwängt in eine Funkanlage,
die ihre Gedanken von fern versteht,
ein kosmischer Leib.

Oszillierend zwischen Farmern,
Fernheilgruppen – kostenlos! – und dem Psychologen
am Mälarsee auf Wellen aller Art,
die Welt ein Gespräch, bei dem
nach oben hin im Gigahertz-Bereich
alles offen sei.

Was das genau bedeutet,
weiß ihr nahes Gesicht und spiegelt
Buchstaben, die sich durch Nebelbänke
schieben, verschwommen, monumental
wie das Böse, lautlos lauernd
vor der Antenne.

Als ich sie ins Mikrophon
bitten hörte, war es, als ob Vermeer
vor einer Skala von Stille sie eben
gemalt hätte: so empfänglich für irgendeine
Stimme, die sich gleich von weither zeigen könnte,
golden wie ein Leuchter.

Späte Phantasie

Seltsame Gesellschaft
mit ihrem lauen Interesse
an Aktienkursen,
Hexen, dem letzten
Schub der Moderne,
ein ständiges Justieren
von Resten und Rekorden,
die Zeit auf ihren
Begriff gebracht, a new
idea, a new look.

Natürlich, perfekt
scheint der Perlen
Fluß, sein Zwielicht,
in dem Gäste variieren,
als würden massige
Hände auch sie
auf Fäden ziehen,
klar modellierte
Stimmen, nichtssagend
im lauten Raum.

Durch das Fenster,
zwischen halben
Abstraktionen, ein dunkler
Himmel über alle
Stufen von Eisblau
bis Feuerrot gejagt
von einem untergehenden
Fixstern, ein Bild,
das seine Vernichtung
strahlend darstellt.

Fugere memoria,
der Nachtwind weht
Zitate umher, kräuselt
die nackten Äste,
die sich draußen
in der Pfütze spiegeln,
zu unlesbaren schwarzen
Zickzacklinien,
ein Labyrinth, leer
und ohne jeden Verweis.

Realistisch (I)

Wie erhellend, als hätte
jemand das wunderbar arrangiert:
den Regisseur eines Filmes mit dem sinnigen
Titel »Die Sieger« die Geschichte
seiner Niederlage erzählen zu hören,
unprätentiös, peinlich bemüht
um Fakten und Ursachen,
Gesten von Genauigkeit.

Woran das Werk auch scheiterte,
ob am Unterschied zwischen dem Director's cut
im Kopf und dem, was der Schnitt
auf den Leinwänden übrigließ,
ob am Produzenten oder am Publikum –
so wie es kam, zeigen sich
ein paar Episoden deutlicher
beim zweiten Hinsehn.

Wie der Augenblick, als der Reisebus
mit dem Entführer und seinem Opfer
an der Baustelle in den Gegenverkehr gerät:
Unter dem Scheinwerfer des Helikopters
wird eine Inszenierung sichtbar,
die du erst in dieser klaren Form,
an der Lärm und Finsternis sich stauen,
als deine Gegenwart begreifst.

Zwiegespräche

Kennen Sie das auch,
daß Sie zum Zeitvertreib
erfundene Nummern wählen
und dann hören, was Sie erreichen,
Signale, Stille, ein fernes Rauschen
im All oder eine Stimme,
die arabisch klingt?

Der Reverend jedenfalls
greift etwas zu hoch, wenn er dort
einen Gott belauscht,
der zu uns spricht.
Das ist eher der Operator
mit einem Tonfall, als beschwörte
plötzlich dein Kind ein Tier.

Soliloquium des Zuschauers mit anderen

Ach was, Männer der Tat!
Du konntest nie anders
als dich entschließen,
vorwärtshangelnd an einer Kette
von glühenden Irrtümern,
zur Freiheit befreit,
aber schon gut, keine Allüren
oder Einblicke, bloß teilnehmen
an den wenigen Subsystemen
und nicht um jeden Preis.

Obwohl es Szenen gäbe,
die quer durch das Gedächtnis treiben
wie ein leeres Boot durch Seen:
die Stille im zufälligen
Blick des Gefängnispsychologen,
der dann die substantia
animae erläuterte, angespannt,
als stritten zwei Interpreten darum,
dein Bild zu vollenden,
das du noch nicht kennst.

Was soll das Gebettel?
Erkenntnis und Täuschung
halten sich die Waage,
als würde dich etwas berühren,
das verborgen bleibt, abgründig
wie das Labyrinth von Gängen,
Kabinen und Spiegeln
hinter dem zweiten Vorhang,
von dessen Rändern sie Hand
in Hand auf die Bühne strömen.

Nocturne

Wenn du still bist,
werden im Zimmer fremde
Geräusche zwischen dem Gerede hörbar,
überraschend und prägnant
wie aus einem anderen Raum,
der dich unsichtbar umgibt
mit Schwingungen, Echos, Signalen
durchlässiger Wände.

Als wenn der Anrufbeantworter
sich grundlos einschaltet, die Tür
in deinem Rücken sachte
zu- oder aufschrammt, etwas wie Haut
über Papier, an Porzellan streift,
das Sirren im Ohr ein Programm,
das sich langsam lädt,
feinste Musik.

Was dir einfällt, erklärt nichts!
Ob nun Fluglärm von fernen Schauplätzen
in dir nachhallt, Außerirdische,
wie jetzt überall, ihre obskuren
Zeremonien feiern, Engel Verse
oder Fragmente, auf griechisch, flüstern,
Tote dir winken wie deine Kinder
mit irgendeinem Fund.

Barfuß stürmen von allen Seiten
mit Granatwerfern Krieger zum Dschihad,
die Grenze, um die es geht,
verschwindet in Detonationen, flackernd
wie der Fernseher im Dunkeln,
Splitter, die verstreut
auf einen Wasserspiegel fallen,
rötliche Strömung.

Klischees, penetrant
und dennoch kaum auszuloten:
Wie die Ikone eines Erlösers
erscheint Isabella Rossellinis Gesicht
und changiert zwischen vielen Gesichtern,
ein Bild des Flusses, wie er manchmal klar
heraufschimmert und in dessen Wasser
niemand zweimal steigt.

Suite vor der Morgendämmerung

Die Truppe hat sich zerstreut,
überall Asche, Reste.
Splitterübersät der Atlas,
der eindringlich zu flüstern beginnt:
Du solltest dich entscheiden,
du solltest dich entscheiden.
Immer neue Muster!
Ein Körnchen weht dir ins Auge,

nicht herauszubekommen, wuchert
blitzschnell, und deine Biographie
steht überdeutlich vor dir
wie ein zerschossener Reisebus im Wüstensand.
Durch die Frontscheibe
spektakelt ein Huhn,
als hätte es ein Ei gelegt.
Die Oase öffnet ihre Tore.

Selbstportrait des Dichters als alter Mann

Sieht ganz so aus: Im Blick
auf den Boden, die kalten Fliesen,
zeigen sich schließlich die unsichtbaren
Grenzen deines Leibes,
über die du nie hinauskamst,
ein diffuses Zeichensystem
ohne Stimme, ohne Bild.

Was war es, das aus deinem Fleisch
wuchs? Jetzt stehst du fast
nackt da wie ein unpassendes Zitat,
die billige Replik einer Statue
von Borges, seiner Gestalt, da Schrift
um Schrift von ihm abgefallen ist
und zuletzt keine Schrift erscheint.

Der leere, lange Korridor!
Jemand hat dir – wie zuvorkommend! –
ein Glöckchen an den Gürtel des Bademantels
gehängt, das klingelt hell
beim kleinsten Schritt wie sonst nur
ein neues Gedicht, das sich fügt.
Und das ist dein Glück.

Milchglasmusterbild, selbstbezüglich, nicht?

Resonanzen

1

Was gibt's am Anfang zu kapieren?
Er verlangt, daß auch ein Text,
aus dem ein Blick sich zitieren
ließe – auf Talkshow, Schrift, Netz-
plan oder -strumpf – Stück für Stück
gefunden, hergestellt und aufgeschlagen
bleiben muß. Und dann, halb Glück,
halb Überdruß, dein Übertragen.

2

Ob ein Beginn wartet
im Körnchen, sprichwörtlich,
oder in Waffen, in Taten,
was weiß denn ich
vom Gesang: kein Schatten,
die Sonne nicht zu sehn.
Nur grau ein Schnitt in die nackten
Wurzeln, die krähn.

3

Wort um Wort zusammentragen,
ein paar Fetzen, Zeile, Zelt –
läßt dir keine Zeit zu fragen,
ob das Sinn gibt, was du wählst.
Wenn du's wüßtest! Durch das Schreiben
– oder was du dafür hältst –
singt der Sand, und Wüsten zeigen
Aufgaben, die nicht du stellst.

4

Natürlich: alles Imitat
in x-ter Art, die weiterzweigt,
was doch ein jeder Spiegel hat:
Durchlässigkeit und Takt. Es zeigt
sich nicht, was nur dahinter gilt –
vielleicht: die Schöpfung aus dem Nichts.
Vergiß es. Unendlich dein Bild
des Blicks, Ikone des Gedichts.

5

Kein Ton, der nicht nur geliehen
wäre, trotz der falschen Mühe,
von Geschriebnem, aus Lektüren,
die durch Resonanzen ziehen.
Eigener Ton? Wo soll der bleiben,
wenn nicht andere sich brechen?
Daß in Wellen, fast von selber,
Fetische und Köder treiben.

6

Ein Panorama deiner Zeit?
Nicht doch. Verse, begrenzt und weit
von Saat plus Ernte gleich Verlust:
Zeichen verkehren – letzter Genuß.
Welch Lohn, wenn's dann entstellt gelingt,
dennoch zu zeigen, was dich durchdringt:
die Pflugschar, ich weiß es und seh
sie versinken in Feldern, Schlamm, Schnee.

7

Im Fenster Nebel, und als ob sich etwas zeigen möchte,
pendelt an jedem Gedanken, jedem Schriftzug ein vages Gesicht:
Die Zeit, die dir bleibt, verbirgt sich wie im Schlaf die Katze –
bis die rosa Zunge leuchtend über das Gedächtnis leckt.
»Noch ein kleines Stück!« sind Arbeiter im Dunst zu hören,
doch das Daimonion trifft wieder das Nadelöhr nicht.
Was sollst du tun? Fast inspiriert, siehst du die Fratze,
die gähnend, bis die Welt verschwindet, ihre Zähnchen bleckt.

8

War so nett und ein Gefunkel.
Und jetzt? Im zerrissenen Zelt
wird es: kallungunkel.
Probieren. Silben. Welt.
Frierend. Und keines schafft es:
Wo jenes war, gelassen sein.
Es taugt nicht, ach krampfhaftes
Werkzeug, das auf nichts reimt.

9

Teilnahmslosvoll
will ich die Stimme, ins Bild zurück,
beides, was meinen Schädel durchzog
und wie ein Netz unterm Trick
zerriß. Und starrst auf den Grund
wie etwas, das abstrakt geriet –
egal. Ein Faseln – dein Mund,
dein Blick – was blind sieht.

10

Wär Wort, verschenkt.
Klafft Fug, ruhe
von Fehl, gelenkt
zu, fern. Tue
nichts. Radix wo,
wenn's, räumt Leere.
Zurecht. Wollt so
ich. Wort wäre.

11

Kein Sinn. Dieser Abstand
dessen, was, gewählt, auch immer
gut, gern von der Hand
geht – hast, letztlich, keinen Schimmer
von Geburten, Leichen,
finis aliquis: Von dort
schrein nur die graugleichen
Papageien mit Macht. Kein Wort.

12

Buchstabenüberlastet,
in Kenntnissen verstrickt,
ein starrer Rest, der rastlos
sich selber überblickt,
bis schwach, im Riß, du ferne
dich in ein Drittes schickst:
Mit dem Schritt zählen lernen,
der wenig leicht verrückt.

13

Übergangsgeschiebe
zwischen Hergebrachtem, Restprogramm,
hinter uns: Avant! Avant!
Und vor uns? Bliebe
nicht das Auge, angesichts
des Auges – und jenseits
der Lexika – zeitweise abgebeizt:
Von dort käm nichts.

14

Wird etwas licht,
wenn im Dickicht fern ein Wort
sein Gegenwort ruft und dort
ein Gefüge sich bricht,
Rhythmen, Anfänge, ins Gelb
eines Bildes vom Bild gesetzt,
bis Tau perlend den Kies benetzt –
erscheint es so selbst?

15

Ein Minimum: das eine Blatt
ein Lichtfleck, klar im schwarzen Meer,
wie eine Barke, die auf Fahrt
den Toten in das Zielreich trägt.
Wie dich dieses Lichtblatt bewegt!
Es ist die Vielfalt. Die sich naht
und plötzlich mit der Sonne kehrt
zum Maximum: an deiner Statt.

16

A glimpse – und ein Gedicht
pulst die Figur, wo Bild
mit Welt – zum Schein – auf Haut
sich trifft, wie arrangiert:
ein Schmetterlingsgesicht,
das dennoch, wenn du willst,
eindringt in dich wie Tattoo,
auf das du stierst.

17

Rauten, zufällig: Himmelsschlange
im Kindermund – ein Gleiches
durch Gleiches erkennen, nicht lange
hält sich der Klang, komplex, leicht.
A – ámala! Staunend. Es trennen
sich Aug, zwiefach, und Zeichen,
auf der Erde verteilt: zu nennen,
was so erscheint, ständig weicht.

18

Nun, diese Zahnstocher, ein Schriftchen,
von Kinderhand gesetzt, ganz eigener Art:
Schlagartig liegt auf dem Tisch,
was das Gedächtnis verbarg!
Willst es genau gar nicht wissen,
was zwischen Festmahl und Folter changiert.
Keine Chance. Du merkst, daß etwas beflissen
wie im Rausch in dir weiterprobiert.

19

Spät, im Kreuzungsrauschen,
ohne das Nächste zu tun,
nutzt nicht das Zeichentauschen
und läßt Gebete ruhn.
Schade nur, mit diesem Bild,
so klar, bald schlafen zu müssen,
was sich, ein Schillern, kaum enthüllt,
überdeutlich nah zu wissen.

20

Milchglasmusterbild, selbstbezüglich, nicht?
Im trüben, fließenden Schlierenweiß
Partikel, Figuren, gedrängt, ein Gedicht
von gewaltsamer Gleichung, doch sei's.
Spiegelt eben noch, mühsam, Gewinn,
unklares Gesicht, das nichts anderes will,
und jenseits von dessen verschwommenem Sinn
wird das verweisende Selbstbild still.

Schriftlichkeit bleibt/ein begrenzter Fund

Nackt und bloß

Wie oft bleibt nur das Lesen
als die letzte Verbindung
zu einer Welt, ein paar Seiten Aristoteles,
die Wunderwerke des Gefängnispsychologen,
Verse aus der Apokalypse.

So unvermutet, so leicht,
daß keine Tätigkeit dir etwas gibt,
weder Schreiben noch die Mühe
im Garten oder am Grab,
von anderem ganz zu schweigen.

Es stirbt aber etwas
in einem ab, wenn es sich nicht
reiben und entzünden kann.
Das ist auch keine Frage
von Form. Eher von Schein.

Der Lehrer

Zögernd begonnen,

erträgt er
leeren Raum.

Darin
hält er einen Stuhl frei,
von dem nichts gesagt wird,
auf den sich niemand setzen muß.

Einen alten Gartenstuhl.

Und bildet,
was übrigbleibt,

vierfach.

Für Alfred Kolleritsch

Zeitschriftenlektüre

Nicht einfach, sich manchmal nicht
in einer der vielen Zeitschriften zu verlieren
zwischen Entwürfen, Auszügen,
Experimenten und den wie ungefähr
hingeworfenen Angaben zur Biographie,
diesem Spiegelsaal wunderbarer
Illustrationen von Kontingenz, nicht notwendig,
aber auch nicht unmöglich.

Und erst die Anzeigen!
Neulich fiel mir beim Blättern
eine ins Auge, die mit einem Photo, schwarzweiß,
für eine andere Zeitschrift warb,
es zeigt einen Mann, wie er mit einem weiten
Satz über eine Wasserlache springt,
dunkel vor einer hellen Fontäne,
die aus dem Kopfsteinpflaster quillt.

Aber sonst ist alles wenig deutlich
wie das meiste in so einer Zeitschrift,
woher die Fluten kommen
vor einer Häuserfront des Fin de siècle,
wer das sei, mit Hut und Mantel,
und warum im Augenblick der Schwebe
festgehalten auf dem Sprung
zu zwei Betrachtern, die am Bildrand stehen.

Für Hauke Hückstädt

Realistisch (II)

1

Am Abend des 10. November 1983,
in Tübingen, las Uwe Johnson.

Er stand für sich, seitlich hinter
dem Buchhändler, der ihn vorstellte.

Bewegungslos, in den herabhängenden
runden Händen den vierten Band.

Nur die Augen gingen hin und her,
als nähmen sie für alles Maß.

Welches, war aus dem knappen Blick,
wenn er einen traf, nicht erkennbar.

Dann hat er gelesen, den Abschnitt
vom Deutschunterricht mit Fontane.

Wie ich später hörte, sei er darauf
über Saulgau nach Sheerness zurückgekehrt.

2

So sieht kein Sieger aus.
Im Gegenteil, eine Distanz,
die jeden Versuch,
zwischen Münzen und Müdigkeit,
was man für das eigene Leben hält,
zu deuten, vereitelt:
Ort, Zeit und Maske der Handlung frei
erfunden von einem Demiurgen
stärkeren Willens.

Daß der kurz zögerte,
hat gereicht, und er läßt die Balken
des letzten Jahrhunderts
genauer ragen, Holunder wachsen
dem Kind, das ich war,
in das sandige Gedächtnis
der Metropole, der Sprache
zum Trotz, das wirkliche Sterben,
das dauert.

Feuilletonnotiz

Es gibt prominente Kollegen,
hörte ich auf einem Kulturkanal,
die sammeln Quittungen,
Briefumschläge und Fahrkarten,
beschrieben mit dem, was ihnen so einfällt,
um beizeiten einen Nachlaß zu präsentieren,
gegen Höchstpreis, versteht sich, und vermutlich
ungeordnet in Schuhkartons.

Was ist das, bloß persönliche
Ignoranz oder irgendeine neue
Gestalt des Historismus? Nichts gegen das Glück,
von sich überzeugt zu sein. Ich frag mich nur,
wo soll der Tinnef denn bleiben,
bei der heutigen Haushaltslage,
und liest das jemand außer dem Doktoranden,
der hoffnungslos ein Thema sucht?

Wären es wenigstens Aufzeichnungen,
Fragmente oder die besagten Blutgerinnsel
unseres zerfahrenen Jahrhunderts. In Form gebracht,
hätte das Stil. Aber so, Zweifel
an der Sprache auf einer Speisekarte?
Die Zeit, da man das als Text dekretieren konnte,
ist passé. Und das Private
als solches nicht von Interesse.

Borges besinnt sich

Ich vermute, ich werde es dann bedauern,
so viele Texte nicht gelesen zu haben,
die vielleicht Aufschluß gegeben hätten
im lichten Zusammenspiel, über den Schrecken
angesichts der fremden Hand, den Bühnenkerker.

Gleichgültig. Schriftlichkeit bleibt
ein begrenzter Fund, gut genug, um festzuhalten,
daß das den meisten nichts bedeutet,
wenn sie am Steuer Blicke wechseln,
Kabel legen oder Fleisch zerteilen.

Welch Irrtum anzunehmen, Unheil
oder Heil hingen am geschriebenen Wort,
während vor deinen Augen, so still,
die Maske sich blutend ausstülpt
und weiterzeugt im weißen Feld.

Bescheidene Poetik

Der kranke Nachbar,
der abends sein Beet reinigt,
mit einem Industriestaubsauger.

Omnia videantur,
wie ich einmal las,
sub ratione.

Und bereit sein,
den Tropfen Chiffre
nicht zu pressen.

Das filigrane Muster
auf dem Bauch
des Leviathan, bewegungslos.

Solchen Urteilen,
jemandem wie Borges, bei
aller Liebe mißtrauen.

Schlüssel suchen,
die Türen und Schlösser
werden verschwinden.

Ein weißer Eingang
zwischen den Programmen,
der Lob in den Rücken.

Solange vor dem einen
Bild, bis du es
nicht mehr auslöschen willst.

In unum, wenn's sein
soll, ins blöde
Fleisch, sch, sch.

Schwalbe, im Fluge kurz
einen Planeten reflektierend.
Ist schon gut.

Der Arbeit nachgehen,
beim Studium der Fehler
eher schweigen.

Oder das letzte
Wort einem anderen geben:
μετάβα μοι τῷ λόγῳ.

Und was weiter?
Nichts. Erschwimme den Ort,
Glied eines Kinderfingers.

Die Synapsen sagen:
Lasse dich nicht, du.
Naps. Snap. Span,

vierfach in der Hüfte.
»Und geh flüsternd,
damit du die anderen hörst.«

In der Schwebe
oder
Lektüre der Antwort auf eine Ansichtskarte

Nicht leicht, die Abstände zu ertragen,
die sich auftun, wenn du
die Kunst des – venia sit verbo – Kollegen
studierst, mit der er sich bedankt
für eine alte Ansichtskarte,
naheliegend und selbstverständlich
wie die Shell-Reklame,
die vor deinem Fenster im Schneefall
flackert, als gäbe etwas Signal aus einem
Reich, das nicht von dieser Welt ist.

In jenem Kosmos gebühre uns
– und du fragst dich, wie man zu solchen Worten
finden kann – was schön ist und wahr,
das Grauen, damit wir bereit sind, wenn der Engel
der Apokalypse die Posaune bläst,
bis der endgültige Augenblick kommt,
der unterscheidet und vereint
was auch immer – doch so
steht es geschrieben und ohne
den Pawlowschen Reflex der Ironie.

Der Engel im Chorhemd des ersten Schnees,
meine Güte, es mag die Herkunft
aus einer anderen Episode Europas sein,
ein subtiles Amtsverständnis, dessen Dialektik
du nicht durchschaust,
irgendein Glaube an die höhere
Macht von Stimme und Bild
im Buchstabenwerk, das nicht schlecht
gelungen scheint. Was bleibt dir also
anderes, als langsam mitzulesen?

Wie viele Bücher öffnen sich dabei,
Bibliotheken! Und jede Zeile läuft
auf die leidige Frage des Augustinus zu,
quid sit memoria. Denn was sonst
hielte dich noch bei diesem übertriebenen
Zwiegespräch? An dem, was dir fehlt,
gehst du nicht gleich zugrunde,
aber du kannst es sowenig erzwingen
wie den Schnee,
der durch das Flackern treibt.

Ein Gruß vom Gefängnispsychologen

In der Menge sinnloser Post
die Ansichtskarte eines entfernten Bekannten,
das Kapitell einer romanischen Basilika
mit ein paar Hinweisen zum Motiv
als einzigem Gruß von der Reise:
im flachen Relief, fast abstrakt,
das Ornament von drei Palmetten,
darunter zwei Mönchsfiguren, die gemeinsam
einen Pfahl in ein Erdenrund rammen,
lombardischer Stil, so schreibt er,
ein kleines Wunderwerk.

Und dabei nur scheinbar einfach
wie jedes genaue Bild der Kunst
und ihrer Lektüre, ein Ausschnitt,
im Detail verständlich und schwarzweiß,
damit das Licht und die Schatten sich zeigen,
die die Erinnerung wecken:
Menschenmassen trampeln um die Säule herum
mit Resten von Gebet, flüchtigen Begriffen,
und manchmal wird eine Kamera
in die Arkaden gerichtet, als wäre dort
mehr als der bloße Stein zu sehen.

An B., im Vorübergehen

Kleiner Ruhm? So könnte man
die Reihen der Indices
zu deinem Namen wohl deuten,
aus dem labyrinthischen
Datennetz einer alten Bibliothek
auf den Monitor gerufen,
rechts die Sternbilder wie Klopstock,
links die Lexika
und im Fenster ein paar Zeilen.

Verglichen mit anderen Medien,
die schon einiges überstanden haben,
dem Leder, Papier und Holz
in richtiger Ordnung auf deinem Sekretär,
zwar ein riskanter Platz.
Aber vielleicht kommt,
was du geschrieben hast, in dieser Art
von Gedächtnis zu sich selbst,
beiläufig, für andere.

Denn was heißt es,
der vergeßlichen Sprache zu trauen?
Gelesen zu werden – falls
überhaupt – dauert nur eine Weile,
wenn die müde Studentin,
eine Strähne schwarzen Haares
aus dem Blick streifend,
sich verliert in der Assonanz
von Sinn und Finsternis.

Das Tagewerk des Exegeten

Daß irgend etwas, das in dir
seine Macht erweist, sich apokalyptisch
durch den Tag gefressen hat
wie eine exakte Lektüre,
was ist davon geblieben?

Reste unklarer Strukturen
und Szenen, die Fluchten von Feuer
zeigen und sich vieldeutig
verlieren wie ein leuchtendes
Angesicht, wenn man so will.

Kein schöner Gedanke, Text
zu sein, den ein anderer entziffert
und verzehrt. Und dich ersetzt
durch schwarze Trümmer. Schnee,
eine Stimme, die dich ruft.

Für Eilert Herms

Borges' letzter Gedanke

Nachdem das Licht erloschen war,
blieb noch wenige Stufen lang
das Bild der erhellten Treppe:
Dann wurde der Schwarm von Goldfischen,
der alles Vorhergehende ständig
aufhebt, im Gedächtnis unendlich.

Kontingenz

Falls doch so etwas
wie eine Wiedergeburt
bevorstehen sollte,
bitte nur als ein Phänomen
von derselben Art
wie das Choralvorspiel
»O Mensch bewein dein Sünde groß«
aus dem Weimarer Orgelbüchlein,
du weißt schon,
ich mag diese Tonarten
und wie sie wechseln.

Ein Kantor, dessen Name
nichts zur Sache tut,
käme, wach wie immer
bis zum letzten
und trüge genau
im klaren Gedächtnis,
was er gewärtigen muß,
weil es aufgezeichnet ist,
wie es sich eben traf,
und überblickte das alles
jetzt und begänne.

Kein schlechtes Schicksal,
dann die Rekapitulation
von ein paar Noten
und Pausen zu sein,
die ein sehr altes Thema
aufnehmen, um es
für eine Weile
wie eine ganze Welt
im Herzen einer Frage
neu zu ergründen,
bis auch das vergeht.

Inhalt

Der Grüne Leguan

Seltsame Gesellschaft

Schriftlichkeit bleibt/ein begrenzter Fund

Dirk von Petersdorff

Wie es weitergeht

Gedichte

Band 2371

Diese Gedichte nehmen es mit allem auf. Dirk von Petersdorff spielt mit unseren, für die Lyrik angeblich so schlechten Zeiten ein souveränes, pointensicheres Spiel. Mit Ironie und Intelligenz verwandelt er die Schlagzeilen unserer Bewußtseinsindustrie, die Phrasen, Floskeln und Philosopheme, die Mythen und Trivialmythen, die Klischees und Klagen der Gegenwart in verblüffende Verse. »Kleist«, »Indiana Jones« und der »Teamchef« hat in diesen Poemen Platz, besungen wird »das Ende des Sozialismus« ebenso wie »der Ärger mit Susanne«, es geht um »Geschichtsphilosophie«, »Kirschbananensaft«, um »Entropie und Alltag«. Dirk von Petersdorff macht die individuelle wie gesellschaftliche Zersplitterung zu einem Thema mit immer neuen, schillernden Variationen. Es sind Gedichte, die Gehör und Gehirn gleichermaßen beschaftigen.

Fischer Taschenbuch Verlag

fl 1911 / 4

Dagmar Leupold

Die Lust der Frauen auf Seite 13

Gedichte

Band 2376

Verführerische Gedichte, Gedichte der Verführungen: Dagmar Leupolds Verse sprechen von der Lust, Menschen zu lesen und Texte zu lieben. Sie treiben ein artistisches Spiel mit Moden und Mythen, mit Zitaten und Zeichen, mit literarischen und erotischen Signalen. Die ebenso filigranen wie frechen Wort-Körper vereinen stets sinnliche Ausstrahlungskraft und intellektuellen Reiz. Sie kreisen um die alten Ironien des Lebens: beispielsweise um die immerwährende Sehnsucht nach Nähe und Vereinigung, obwohl doch Reiz und Erregung erst durch Abstand und Trennung entstehen können. Dagmar Leupold schreibt narrative Gedichte, die Begegnungen oder Erfahrungen plastisch festhalten, aber auch prachtvolle Beispiele einer keineswegs trockenen Gedankenlyrik, die überraschend und witzig Aspekte moderner Dichtungstheorie präsentieren. Der Band enthält Liebesgedichte genauso wie Verse, die etwas von der Lust einfangen, die man an Körpern und an Worten empfinden kann.

Fischer Taschenbuch Verlag

fi 2062 / 6

Steffen Jacobs

Der Alltag des Abenteurers

Gedichte

Band 2385

»Frisch ans Werk! Da wurde mir die Brust zum ersten Mal geöffnet.« So unverdrossen beginnt das erste Gedicht des ersten Gedichtbandes von Jacobs. Eine hartnäckige Vitalität spricht aus den Versen dieses Lyrikers, die auch dort noch beharrt, wo vieles schon verloren scheint. Das vagabundierende Ich der Gedichte öffnet sich den Wagnissen einer zeitgenössischen Existenz und findet nicht selten seinen einzigen Halt im Rückgriff auf alte und junge Traditionen. Gegen schmerzliche Einsichten und plötzliche Ausbrüche von Glück ist dabei niemand gefeit, denn: »Fragment ist hier alles«. Liebe und Tod, die großen Themen der Literatur, klingen an und fügen sich bruchlos zwischen nervöse Protokolle eines trügerisch banalen Alltags. Diese vielfältig beeinflußte, dennoch ganz eigenständige Poesie beunruhigt durch sinnliche und intellektuelle Erregbarkeit, sie besticht durch sprachliche Prägnanz und berührt durch ihre unerbittliche Menschlichkeit.

Fischer Taschenbuch Verlag

fi 137 / 5

Marian Nakitsch

Flügelapplaus

Gedichte

Mit einem Paß-Bild von Reiner Kunze

Band 2378

Marian Nakitsch ist ein Dichter zweier Kulturen und einer langen, tragischen Liebe. In Kroatien geboren und dort lebend, aber auf deutsch schreibend, entwickelt er in seinen Versen eine Originalität und Bildkraft, die ihresgleichen suchen. Nakitsch ist ein Naturlyriker von höchster Präzision und Klarheit, der nie in idyllische Töne abrutscht. Er ist ein Dichter mit hohem moralischen Anspruch, in dessen Gedichten die verzweifelte Situation der Völker des ehemaligen Jugoslawiens tiefe Spuren hinterlassen hat. Vor allem aber ist Nakitsch der Poet einer tiefen, nicht unkritischen Liebe zu Deutschland – zu dem Land, das ihm seine lyrische Sprache gab und sein Denken prägte, in dem seine Eltern und Geschwister leben, in dem er selbst jedoch nach dem Willen zweifelhafter Gesetze nicht wohnen darf.

Fischer Taschenbuch Verlag

fi 433 / 5